A LOUIS-NAPOLÉON BONAPARTE

LE

LACHE DE SEDAN

PAR

ÉDOUARD DANER

Ex-zouave au 1er régiment.

Prix : 30 Centimes.

EN VENTE

Chez M. LEFRANC, libraire, 10, rue des Poissonniers (La Chapelle)

et chez tous les Libraires.

1870

A

L.-N. BONAPARTE

A

LOUIS-NAPOLÉON BONAPARTE

LE LACHE DE SEDAN

Je ne viens pas chanter les exploits, ni la gloire,

Du nom que tu ternis, qui brille dans l'histoire.

Peu m'importe ce nom, ce nom qui fait ta loi,

Ton sang n'en a pas moins rougi l'auguste emblême,

Sans honte, et plein d'espoir, tu pris le diadème.

    Et tout recula devant toi.

Tu n'étais pourtant pas appelé pour la France

Mais, tu choisis le jour où l'on criait vengeance

Pour rentrer à Paris et, tu vins au hasard,

Demander de plein droit, ce que tout bronze sonne,

En l'honneur de celui qui gagna sa couronne

    L'épée en main comme César.

Tout un peuple criait, en mains étaient les armes ;

Les pavés teints de sang étaient mêlés de larmes ;

Le droit depuis longtemps était empoisonné.

Tu parus au moment où ce peuple en colère

Chassait, en combattant, de notre France entière,

    Le roi qu'il avait détrôné.

Quelques heures après parut la   épublique,

Symbole d'espérance au citoyen stoïque.

Tout semblait reverdir d'un éclat tout nouveau :

L'arbre de liberté fut planté sur les places,

Puis, les drapeaux parés, de trois mots pleins de grâces,

    Ignorant leur prochain tombeau.

C'est alors que ton nom frappa comme la foudre,

Pareil à ce boulet tout rougi par la poudre ;

Quand on le vit un jour sur les murs placardé,

Le monde chuchotait ; pour lui c'était un rêve,

Et, tous les ouvriers, réunis faisant grève,

    Disaient : d'où vient cet évadé ?

Rien ne pouvait toucher ton âme impériale,

Le pouvoir était là ; l'ancienne cathédrale

Était prête à sonner un État tout nouveau.

Tu possédais pour bien, assurant ta victoire,

Celui dont l'Orient conserve la mémoire :

     Le maréchal de Saint-Arnaud.

L'illustre maréchal reçut sa récompense.

Pour lui tu fus clément. Connaissant sa vaillance

Tu l'envoyas chercher loin du palais la mort..

Il aurait pu mourir sur un champ de bataille ;

Le poison remplaça la balle ou la mitraille,

     Mais tel devait être son sort.

Justice est faite en tout, car assassin lui-même.

Il fallait bien qu'un jour une main plus suprême

Frappât sur le voleur des deux cent mille francs.

Suite affreuse et horrible où tomba Cornemuse.

L'empereur en sourit. Toujours un roi s'amuse,

     Au sein de ses appartements.

Tel était le destin qui roulait dans ta tête

Et que tu sus pousser jusqu'au sublime faîte :

Tu déguisas ton nom, tu te fis assassin,

Tu laissas sur tes pas de sanglantes victimes,

Dont les malheureux noms sont inscrits sur les cîmes

De ceux qui leur tendaient la main.

Et, sans chercher plus loin, à Strasbourg, à Boulogne,

Tu frappas sans rougir, sans peur, et sans vergogne,

Deux soldats pour t'ouvrir un chemin librement.

On dit que la même arme a frappé l'épaulette ;

Qu'en Angleterre, enfin, pour préserver ta tête.

Tu fus mouchard assurément.

Tous les tiens ont du reste un forfait dans leur âme.

La lâcheté du crime est un point que l'on blâme.

Peu vous importe à vous ce qu'un monde peut voir.

Ton oncle eut un Condé. Ton pauvre cousin Pierre,

Infime roturier, mis de trop sur la terre,

Est l'assassin de Victor Noir.

Et qu'avait-il donc fait cet ami, ce jeune homme,

Aimé, chéri de tous, qu'avec respect on nomme?

Tu ne peux rien répondre et tu pâlis d'effroi.

Toi l'homme sans honneur, sans foi, sans conscience,

Qui sus pour ce cousin faire juste balance,

      Oh! vengeance et malheur à toi!...

Ton oncle sut gagner mille fois sa couronne :

A Wagram, à Erfurt, Austerlitz, Ratisbonne,

Iéna, Friedland, jeune même à Toulon,

Ici c'est à Lodi, là c'est au pont d'Arcole,

Où pouvait-il trouver une plus belle école

      Pour rendre illustre un jour son nom?

Mais toi tu fus élu par un brillant suffrage,

Quoiqu'il fut juste ou non tu l'obtins pour partage,

De simple président tu devins empereur;

Tu brisas ton serment en homme vil et traître,

Et tu fis massacrer, pour commander en maître,

      Ceux qui riaient de ton honneur,

L'ambition, l'orgueil t'ont placé sur le trône
Voilà bientôt vingt ans. Respect à la couronne,
Je ne viens pas ternir le symbole des rois.
Ce que je viens juger c'est l'ignoble mensonge
Qui te fit mériter ce que tu vis en songe
    Dans tes déplorables exploits.

En juillet trente-six tu fis preuve d'audace;
Un roi fut bon alors, car son cœur te fit grâce.
Tu voulais renverser sa dynastie et plus.
Tu partis pour le Sud, puis tu revins en France
Au mois d'août l'an quarante, avec une espérance,
    De beaux projets deux fois déçus.

Ah! si quarante huit t'avait rendu justice
L'œuvre de Guillotin eut été ton supplice,
Mais il avait cru voir un troisième César !
Il afficha ton nom en noble caractère,
Fit gronder le canon en tous lieux sur la terre,
    Puis le grava sur l'étendard.

Oui, ton nom fût gravé, c'est pour cela sans doute

Que tu te fis auteur, car toi, de rien ne doute.

Tu nous écrivis donc les exploits de César ;

Ouvrage censuré par des esprits capables,

Et, qui craignant de toi, quelques arrêts blâmables,

Ont beaucoup ri, mais à l'écart.

Voilà pour tes écrits ; où sont donc tes faits d'armes?

C'est la Pologne en pleurs, et l'Italie en larmes,

D'un côté tu croyais voir tomber ton palais

Et, de l'autre où tu vis un grand rayon de gloire,

Tu vas signer la paix pour ternir la mémoire

Du nom qui ne s'éteint jamais.

L'Empire c'est la paix as-tu dit à la France.

Mots deux fois pleins d'honneur, tout remplis d'espérance,

Je ne suis pas l'auteur qui flatte en dénigrant.

Mais je crois frapper juste en disant le contraire :

La paix n'est pas le pain que demande une mère,

Si son fils meurt en combattant.

Là, c'est pour soutenir la Turquie opprimée

Que partent tes soldats pour l'antique Crimée,

Plus loin c'est vers la Chine où vont ces défenseurs,

Ici c'est au Mexique, en Syrie, en Afrique,

Toujours du sang versé, bref pour ta politique,

Des tombeaux pour ces braves cœurs.

Ce n'est pas tout encor : vient ta douce compagne,

Fleur flétrie et fanée à l'ombre de l'Espagne,

Il fallait pour ton nom un hymen de grand choix,

Et tu pris, sans songer à l'honneur de la France,

Une femme au cœur libre au sein de l'opulence

Comme ont fait nos ignobles rois !

Cœur noble de grisette et toilette de même,

Goût simple et familier que notre jeunesse aime,

Les jupons bleus et blancs lui semblent de bons tons ;

Aussi voit-on la femme aux sentiments vulgaires

Imiter sa tournure et ses belles manières

Pour plaire à nos joyeux garçons.

Mais respect à l'enfant, du sceptre héréditaire,

C'est un double rayon qui doit régner sur terre,

On lit dans son regard la justice et l'honneur.

Sur lui reposera toute la France entière,

Il chérira la paix, il jugera la guerre,

   Le droit l'appelle avec ardeur.

Il est né pour semer les bienfaits de son âme,

Pour donner à son peuple un rayon de sa flamme,

Pour soutenir le faible et retenir le fort ;

Un jour, il lavera les taches de son père,

En relevant le nom qui fit trembler la terre,

   Du héros victime du sort.

Mais que dis-je ? ce prince au sein de notre France

Ne pourra point régner. Il en a l'espérance ;

Jamais nous ne verrons un quatre au lieu d'un trois.

L'un commence à vieillir, l'autre est trop jeune encore ;

Nous pouvons le laisser jouir de son aurore,

   Mais non de ses futurs exploits.

Mais toi, grand souverain, dont l'honneur ceint la tête
Crains de ton peuple entier une auguste tempête ;
C'est parfois au moment où l'on se croit heureux
Qu'on voit tomber la foudre au sein de sa demeure ;
Un roi n'a point de jours, il ne voit jamais l'heure,
  Qui peut venir fermer ses yeux.

Quel sera le destin qui t'ouvrira la tombe ?
Pour prix de tes forfaits sera-ce une hécatombe
De discours censurés par nos plus grands savants ?
Ou bien tomberas-tu par une main rigide,
Qui, comprenant nos droits, deviendrait homicide
  Pour plaire aux millions d'habitants ?

Pour payer tes forfaits tu n'auras pas la gloire
D'être mort en héros au sein d'une victoire,
Car, lâchement, hier, aux mains d'un étranger,
Tu donnas ton épée en te livrant toi-même,
La fièvre de la peur fut ton beau diadème,
  Et qui n'oserait t'outrager.

Non, rien n'a pu t'asseoir de nouveau sur ton trône,

Ni les savants discours de l'Ollivier qui prône,

Ni tes gens de sénat, ces pâles serviteurs

Aux culottes de peau. Tous ces gens que la France

A payés de son or jusqu'à ta déchéance,

       Tous ces valets, tous ces flatteurs.

Oui, tu crus un moment que la patrie en larmes

Allait, pour ton enfant, sacrifier ses armes.

Arrière ton sang. La patrie en danger

Sera sauvée. Écoute ces voix, ces murmures,

Ce sont des citoyens et dont les mains sont sûres

       Qui disent : mort à l'étranger.

Ce sont des noms aimés de notre noble France

Des hommes dévoués, des foyers d'éloquence.

Tels que : Picard, Simon, Arago, Kératry,

Pelletan, Gambetta, Favre et d'autres encore ;

Rochefort et Crémieux, Trochu, que tout honore,

       Glais-Bizoin, Pagès et Ferry !

Ils sont, tu le sais bien, tous sans tache et sans peur;

Ils t'ont plus d'une fois fait pâlir de frayeur,

En défendant nos droits en citoyen stoïque;

Ce sont des orateurs, ce sont des avocats,

Qui, devant tout un peuple. au sein de tes soldats,

  Ont proclamé la république ! ! ?

Oui, tout un monde entier a crié : délivrance!

A bas ce vil empire où pâlissait la France;

On a brisé gaîment ton ignoble splendeur.

C'est alors que tes yeux vont voir passer sans cesse,

Ceux que ton vil destin, a pris dans sa largesse,

  Pour te placer comme empereur.

Septembre 1870.

       E. DANER.

      Ex-zouave au 1er régiment (Afrique).

745 Paris. —Assoc. générale typogr., Faub.-St-Denis, 19
BERTHELEMY ET Cie